U0565746

你从中原来

西屿 著

河南文艺出版社
·郑州·

图书在版编目（CIP）数据

你从中原来/西屿著. —郑州:河南文艺出版社,
2020.8(2021.1 重印)

（文鼎中原）

ISBN 978-7-5559-1033-6

Ⅰ.①你…　Ⅱ.①西…　Ⅲ.①诗集-中国-当代
Ⅳ.①I227

中国版本图书馆 CIP 数据核字(2020)第 114487 号

策　　划　李　勇
责任编辑　张　阳
书籍设计　小　花
责任校对　殷现堂
丛书统筹　李勇军

出版发行　河南文艺出版社
本社地址　郑州市郑东新区祥盛街 27 号 C 座 5 楼
邮政编码　450018
承印单位　河南新华印刷集团有限公司
经销单位　新华书店
纸张规格　890 毫米×1240 毫米　1/32
印　　张　5.5
字　　数　103 000
版　　次　2020 年 8 月第 1 版
印　　次　2021 年 1 月第 2 次印刷
定　　价　35.00 元

编委会

目　录

卷三 │ 一千公里的爱

卷八 ｜ 我曾到过那片树林

卷九 | 追蝴蝶的人

卷一 ｜ 远古的回响

远古的回响

第一乐章　骨笛

那是 8700 年前的乐音
悠远的,深埋在地下
沉睡的乐音

那是清亮,那是粗犷
那是浑厚的裹满
泥土的乐音

那是我的先民,逐水而居
的日子,食不果腹
日夜折磨着他们
那是他们走向森林的日子

那是他们狩猎归来的
夜晚,熊熊的篝火
围着他们舞蹈

那是原始人类的乐音
它来自一个小小的骨笛
骨笛上的几个孔

第二乐章　缶

缶是妖精,缶是鬼魅
缶是她惑乱的一个王朝
缶是商

缶是纣王的残暴,是
各种各样的酷刑
各种各样的人
无辜的眼睛

缶是绝望,是撕心裂肺
的疼痛,是呐喊
是反抗

缶是一个王朝的气数

是靡靡之音

是幽怨　哀怨　凄怨

是那最后的一把火,照亮的

天空

第三乐章　古琴

古琴里藏着大鹏

藏着海水,也藏着火焰

古琴里藏着一个人

展翅飞翔的欲望

古琴里藏着荆轲

易水岸边的慷慨

易水的寒和壮士

决绝的身影

古琴里藏着嵇康

和他的《广陵散》

藏着绝世的人格

和绝世的乐音

古琴里藏着英雄

也藏着名士

古琴奏着悲歌

第四乐章　琵琶

是浔阳江心的秋月

是她的白，是千呼万唤

的琵琶女，是她半遮

的面孔

是幽怨，是暗恨

是世态的炎凉

人间的悲欢

是铁骑，是刀枪

是银瓶的乍破，水浆的

飞迸，大珠小珠

落在玉盘里

是江州司马的眼泪

被打湿的青衫

　　　　　　　　　　　　　　　　你从中原来

第五乐章　鼓

鼓是激越，鼓是悲怆
鼓是万马奔腾，是冲锋陷阵
越来越激越的争伐

是刀枪剑戟的交响
它们碰撞出的铿锵
是你死我活
鲜血染红的脚下的土地

落日染红的祖国的山河
是东风吹了，西风吹
是永不停歇的，永远催人向前的
战斗的号角

在荥阳

1

离你那么近,我是指黄河
平静的奔涌的
裹满泥沙的黄河
我差一点就要听到它的涛声
黄河中下游的分界线上
我从远处看它
它像从天上而来

流过广武山。山上的麦田
山下的村庄
村前的土路上　村里的人用进进出出
继续着年复一年的生活

日子是沙洲上的一只鸟
它用尖尖的喙　啄碎
每个黄昏
黄河上的落日

2

听不见喊杀,也听不见马嘶
我是指汉霸二王城
厚厚的堆积的
日渐消瘦的汉霸二王城
我低头看到脚下的鸿沟

我想象那是一把巨大的斧头
我现象巨斧劈开鸿沟时
天崩地裂的声音

我没有听到那一声巨响
站在刘项当年对垒的地方
我看见夕阳
正把对面的山头镀亮

3

美丽的虞姬　我不可能看见
她属于项羽
尘土合上她的眼睛
两千多年的时光一晃而过

但我记得那个夜晚
她挥剑自刎的那个夜晚
她的舞姿
她最后的含泪的微笑

她握剑的手
垂下来
项羽的怀抱里
她的血
一点点慢慢冷却

军营里静悄悄的
听得见四面楚歌

你从中原来

4

多像桃花的红,我是指她的容颜

美丽的娇艳的

芳华绝代的虞姬

我身边就是桃花峪

我来的时候是春天

那么多白的花、红的花、粉的花

一下子装满了我的眼睛

这湮灭的文明　残存的古战场

黄土堆积的厚厚的墙,我要回到你们中间

满谷的桃花　在荥阳

我想大声地喊出来

用胸腔里的雷霆

商城遗址

1

已经是冬天。阳光照着你的苍白
你黄土堆积的城墙，你满头枯黄的茅草
你的万千子民
在看不见的地方活着，呼吸

在厚厚的黄土下，你的金戈铁马
仍在杀伐，你的奴隶
纷纷倒戈，在地下
他们的呐喊清晰可辨

他们就要冲上来，我热烈的心跳
就要穿上你的阳光
你是我的商朝

你从中原来

你用黄土把自己掩埋

2

让我聆听你的心跳,在厚厚的黄土上
让我触摸你没有文字的历史
你追赶岁月的 3500 年

让我　靠近你的城墙
你越陷越深的双脚,你脚上
的铁镣,你的奴隶

让我低头时看见你的茅草
你枯黄的冬天,你在风中
持续地摇摆,你的手

依旧在土里伸着
带着临死前的挣扎

诸葛草庐

雨点的鞭子

驱赶着我们

进到里面

在草庐前驻足,聆听

仿佛先生还在那里

高卧

我们只要走进去

就会把他

吵醒

我要说的是……

我要说的是它身后的笔架山
它经年的黄土　摇曳的枯枝
日渐消瘦的身影

我要说的是一阵寒风
正在吹拂

我要说的是它门前的大树
它伸长的枝丫　凌乱的天空
高高昂起的头

我要说的是一只鸟窝
正被它抓紧

我要说的是一孔窑洞
它砖砌的台阶　陈旧的木门

不足十平方米的内室

我要说的是他的主人
还活在唐朝

岳飞庙

院子里的古柏还在
乾隆的御笔还在

马鞍、剑戟、男儿的血性
你壮怀激烈的《满江红》,读书习武
念念不忘的出生地

在相州汤阴,岳飞庙
秦桧还在那儿,王氏
张俊、万俟卨,他们低着头
面朝你跪着,面朝游人

秋天停在午后,幽深的庭院
花香弥漫。沿着甬道
我们进入主殿
阳光跟进来,照着岳飞像

几百年前的阳光

依然是那么灿烂

金明池

那一池残荷是金明池
静静漂浮在水上
干枯　衰败　萧疏是金明池

湖边的芦苇　向一边倾斜
起风了
轻轻地摇晃是金明池

远处的楼台亭阁　挑脚飞檐
红色的廊柱和黑色的瓦
海市蜃楼是金明池

看不见的水军,听不见的呐喊
遥远的北宋
是金明池

朱仙镇

朱仙镇是幼时的门神
秦琼的双铜　尉迟恭的钢鞭
守护的陈旧的木门

案板后面的灶神,是每年的腊月二十三
亲手贴它上去的母亲
美好的愿望

威风凛凛的岳飞　手中的铁枪
圆睁的双眼　冲冠的怒发
是他的仰天长叹　壮志难酬

是一个清冷的冬日　阴霾的午后
岳飞庙里透出的
那一缕菊香
深深地浸润

外面老旧的街道，低矮的房屋

同样低矮的摊贩

艰难活在他们中间的

我的乡亲

祥符调

高亢明亮是你的
细腻和委婉　凄楚和哀怨
也是你的

眉毛的耸动　眼睛的流转
手臂的摆动
突然的转身是你的

这狭小的舞台　简陋的背景
满屋的观众
掌声和喝彩是你的

偶尔吹进来的风
慢慢黑下来的夜
我忽略的这一切是你的

卷二 ｜ 你从未见过

你从未见过

——给 69 个矿工兄弟

你从未见过如此漫长的
黑夜。从未见过绝望(你甚至不知道什么叫绝望)
如此之深,当它是你紧闭的眼睛。你从未见过死神
狰狞的面具

它恐吓你,在黑暗的地下
它用专横模仿暴君,它用冷
用饥饿,一点一点
吞噬掉你

你从未见过奇迹,你也从未想过
你从未见过阳光如此明亮,当你
回到地面,你从未见过
这么多关心你的人

挺住,废墟中的人们

它离你那么近,我是说黑暗
压着你的砖头、瓦块,倒塌的房屋
巨大的水泥板,我是说
缝隙中的你

紧闭的眼睛,你的绝望
躺着的身体。我是说
尖锐的疼痛,血、泪水
咬紧的牙关

如此的突然。我是说
这一切。你都要挺住
用最后的气力,等待救援

你从中原来

布满水渍的课本

它就在废墟上躺着，带着一个人
的手温。飘落的冷雨
正用泥巴
涂满它的面孔

越来越模糊。我看不清
它到底
是一本什么书

我想把它捡起来，交给
曾经握过它的那双手
却不知道
它在哪儿

废墟中伸出的手

它一定想握住什么,我是指那只手
它刚从砖头、钢筋,压着她的
沉重的水泥板下
伸出

带血渍的手,弯曲着
微弱的生命
正从那里,一点一点
流失

时间也在流失。我多么希望
它能慢下来

你从中原来

废墟上的母亲

如果抑不住，你就哭吧
放开嗓子，放开喉咙，放开一切
大声地哭吧

哭吧，最好让废墟下的儿子
听见。让全天下人
都听见

废墟上的母亲在哭。我总感觉
全天下的母亲在哭

废墟上的书包

它再也找不到那个肩膀，多少次
她背着它穿过校园，它信赖已久的
稚嫩的肩膀。它的头垂下来
布满瓦砾的废墟上，它再也找不到
她的柔弱，她瘦小的
麻秆的身子

她的细胳膊细腿。红领巾
它是烈士的鲜血染红的。白底蓝边的上衣
灰裤子，不小心弄上去的
墨迹。绣花的布鞋
妈妈亲手缝的向日葵，它有一张
太阳的脸。她梳马尾辫的
小小的脑袋，紧贴着它的
温暖的后背

　　　　　　　　　　　　　　　　你从中原来

它再也找不到，她伸进它怀里的

那只手，她的体温

逐渐冷却的心跳

她埋在废墟下，一点一点

慢慢僵硬的身体

水泥板下的脚

妈妈还在哭喊,她的声音
也还在加大,水泥板的沉重
还压在她身上,它的牙床
还咬着她的脚腕

感觉不到疼痛。她伸在外面的脚
阳光落上去,她脚上的布鞋
红和黄
妈妈亲手缝的向日葵

一针一线的爱,还在默默地
流淌

　　　　　　　　　　　　　　你从中原来

卷三 ｜ 一千公里的爱

我想要一千公里的爱

我想要一千公里的爱
一千公里的疼，但不是痛
一千公里的舌头和火焰

一千公里的缠绕，像树缠上她的藤
草爱上她的绿
鸦片抽着一个人的肺
吞云吐雾

一千公里的火车拉着我走
窗外的树木拉着我后退
云朵的白提着我上升
天空的大地

一千公里的长江水
把我举高到黄河

一千公里我看不见你

三百六十五个日夜我追着你

这么远的距离……

这么远的距离，也不能阻止
我爱你，更不能阻止
你的夜晚被我看见

你的月亮被我收割，你的心
一次次被我牵着，绊着
你的病被我医着

这么远的距离，你躺着或站着
想着或念着
醒着或梦着

你孤独着，孤独把你抱紧
你痛苦着，痛苦每时每刻
都在咬你

用我的牙齿,我一千次

一万次地想念

我的爱……

我的爱,不是傍晚的光线
也不是早晨的
不是二十平方米的孤独
亮到深夜的灯,不是

笔,也不是纸
不是摊开的笔记本,每一页
都写满对你的思念,不是椅子,双人床
我一个人躺着

不是被窝的冰冷,我抱紧了自己
不是冬天,我不懂夜的黑
不是我枕着它,不是

什么都可以被带走
什么都不能留下

每个夜晚

每个夜晚,你都可以来
像从前一样
你冲我撒娇,抱紧我

仿佛不只是为了取暖,仿佛
你抱紧我,就像抱紧你自己
仿佛花开了,花又谢

月落了,星沉了,仿佛
月亮从没有为谁升起
星星也没有为谁落下

仿佛这个夜晚,就是
所有的夜晚,我们各自找到自己,仿佛

每个夜晚,你都可以

把它，当作

从前的夜晚

这时候……

这时候,我再怎么想你
再怎么念你,再怎么
把你的名字,在心里
读了又读,把从前

翻了又翻,把往事
打捞了又打捞
把陈芝麻、烂谷子,把无谓的争吵

你来我往的,战争
把鸡毛蒜皮,把相关的和不相关的
把仇恨的刀子,烘烤着内心的火焰

尽量都压一压,放一放
把该熄灭的熄灭,该忘掉的忘掉
把过去、现在和将来

等同起来。这时候

我们再不是从前的我们

从现在开始

从现在开始,我再不要
抱怨,指责也不要

我再不要你的泪水,我再不要它
流下来,再不要蜿蜒
再不要那两条小河

顺着你的脸颊,往下淌,我再不要
咸涩,不要你肿胀的眼睛
通红着我的夜晚,从现在开始

我再不要争吵的喉咙,干渴的喉咙
带毒的喉咙,再不要
它那里的刀箭

我也不要盾牌。从现在开始

　　　　　　　　　　　　　　　　　　你从中原来

我要你喉咙上的十万枝玫瑰

要你的芳香

凡是你的……

凡是你的,我都要
我要你把眼睛睁到月亮上
我要月亮的清辉

我要天空淡淡的蓝,我要无数的星星
我要它们的每一次眨眼,我都能看见
我要它们的闪烁

我要浩渺的星空,我要看不见的银河
摸不到的闪电,我要流星划过时
你许下的愿望

你凝视它的时光,我也要
甚至,你因为站久了
而麻木的双脚

你走之后

我呼吸着你的气息
你走之后,我越来越沉重
春天越来越沉重,树木的,花朵的

你亲手插在瓶子里的百合
她不知道,芳香不知道
甚至,瓶子里的水

我新买的玫瑰,红不知道
她日渐丰满的花苞
绽放不知道,凋零也不知道

有一枚花瓣落下来
挤进屋里的光线,薄的羽翼
我长久地凝视着它

凝视不知道,墙花,桌子上
的台灯,咔咔响的钟表
时间不知道

时间只会把这一切收留
像黄昏收走她的光线
夜晚收走她的白天

　　　　　　　　　　　　　　　你从中原来

你不是玫瑰,也不是百合

你不是玫瑰,也不是百合

不是星期天下午三点钟

你不是她们静静地待在瓶中

你不是关在门外的光线

她紧紧抱着的半面墙

你不是她的爱恋

也不是她的离去

不是一盏台灯的亮

也不是她透明的心

不是她照着我的苍白

她不会说爱的话语

你不是我从你的梦中醒来

我倚着床想你,我的翻来覆去

我脑海中你的影子
你不是她的跳跃,跑动

不是这一屋子不动的事物
我都想要
她们冷冷地看着我
你不是打破静寂的喧嚣

不是把我拉回现实
的一张弓,你也不是我
的恍惚

你不是我的星期天
下午三点钟
我坐在屋里想你

你从中原来

我想要去你的一个夜晚

我想要去你的一个夜晚

我还想要去你的一个夜晚

我想要去你的所有夜晚

今后的　未来的

我想要去你河边的夜晚

月光下的夜晚

没有月光

我要你星光下的夜晚

我想要你长椅上的夜晚

你躺在我怀里的夜晚

我们相拥时的夜晚

我们接吻

我们爱着的夜晚　嘴唇和舌头的夜晚

甜蜜的夜晚　幸福的夜晚

我们一起沉醉的夜晚

秋风的夜晚

我想要去把你的梦摇落

我想要去疯狂

我想要去把你的梦摇落

我想要月光暗下去　星光亮起来

我想要头顶的星星眨呀眨的

我想要一个美丽的秋夜

白蜡树影在摇曳

你头枕着我

我想要去你的温柔　你的芳香

你全部的青枝绿叶　花红柳绿

金色的秋天

我想要我就是一团火

抱着你燃烧

我想要去狠狠地爱一次

一次也许不够,那就一生
我要想狠狠的

我想你坐在山顶上

我想你坐在山顶上
我想那时候的阳光和风
树林和林下的草
我想哪一样你更爱

我想你走在山路上
我想两边茂密的树林
你从中间过去
我想要你背上的云彩

我想你站在山腰上
我想要你眼里的世界
你走走停停
我想要这条路变得漫长

我们走呀　走呀

我想要陪着你

我们一直走下去

你从中原来

那下面是山寨

那下面是山寨
我们来的时候已看过
山寨的下面还是山寨

我不去管它寨子的破落
泥巴墙的剥落
我不去管它房屋的低矮

屋内的陈设
我不去管它的简陋
绣花的被子　鸳鸯枕

如果你愿意
我们就在这里住下去
你给我生一堆娃娃
我给你种满院的桃花

卷四 ｜ 下午的寂静

下午的寂静

下午的寂静陷在一把椅子里
在窗台上盛水的瓶子里
在绿萝的梦里

在空着的咖啡杯里
盖着盖子的茶叶杯里
在它的内部

在笔筒里
镂空的笔筒上那只白色的鸟
在它的沉默里

在台灯的黑暗里
在开关的胃里
在屯的心脏里

在阳台上的晾衣架上
晾着的内衣上
在花花绿绿上

在窗棂上挂着的一滴水里
在它停在那里的晶亮上
忽然滴下来
在忽然里

在窗外雾蒙蒙的雨里
在我从窗口望出去的一片混沌里
在未知里

在我二十三楼的房间里
我听不到一点声音

你从中原来

就在那个晚上

就在那个晚上

就在东明路与丰产路交叉口

就在靠窗的位置

一场雨不期而至

就在我与你碰杯的瞬间

我听着窗外　雨打树叶的声音

多么像我心跳的声音

我看着你　你的脸一半藏在阴影里

一半被头发遮着

我几乎要爱上那阴影和那几绺头发

多少年了,我还爱着

或许你从来也不知道

但你必定记得那场雨

淅淅沥沥的雨淋湿了我的记忆

出门的时候,我看见 2005 年的春天

顺着雨伞往下滴

天这么快就黑了

天这么快就黑了
这么快　你就要走了

经五路口,这个夜晚不属于你
也不属于我
我们从这里出发
又从这里把它丢弃

站在路灯下,我多么想让时间停下来
不停下来也行　那就慢下来
不慢下来也行　那就让我把话说完
说不完也行　那就让我再凝视你一会儿
如果这也不行
那就让我转过身去
小心翼翼地擦干泪水
多少次,我担心它冲垮夜晚

　　　　　　　　　　　　　　　　你从中原来

别尼斯拉夫斯卡娅在俄罗斯的冬天

别尼斯拉夫斯卡娅在俄罗斯的冬天
努力靠近叶塞宁的忧伤
她走了,还不到三十岁
多么年轻的俄罗斯的心跳

甚至昨夜,他忧郁的蓝眼睛
还曾出现在她梦里
就在这坟墓里
他的呼吸依然新鲜
就像这覆盖在他身上
尚未来得及融化的
俄罗斯冬天的第一场雪

她说,"一切最珍贵的东西都在这坟墓里"
她扣动扳机
莫斯科的冬天倒下来

盖住她永远年轻的身体
盖住俄罗斯的喧哗

你从中原来

盖茨比

那里的舞会从未停歇
音乐家也从未停下
他弹钢琴的手
那里的人们彻夜都在狂欢
扭动腰肢　尽情地舞蹈
欢笑和尖叫
那里盖茨比从未停下
他凝望对面的眼睛

在那富丽堂皇的屋子里
他一次次走到露天的阳台上
他望着灯塔　那发着绿光的眼睛
那里住着戴茜
他一次次伸出手去
想把她抓在手里

终于,她踏着雨水来了
他浑身湿透站在她面前
在插满鲜花的房间
她暂时是他的

那里的舞会还在继续
他让她明白　这一切
都是为了她,这一切的一切
他都愿意为他去做

她陶醉了
他们已经商量好了"私奔"
没有人来告诉他
他不该爱
永远没有人
会知道他地下的冰冷
这个可怜的人
他睡着了

杨林桥

——题胡适和曹诚英的爱情

桥还是那座桥
可胡适已经走远了
他走远以后
那些杨树还在疯长

溪水还在流淌
每个黄昏，夕阳会来
远处的山坡
搬运黄金

把一座孤坟
孤零零地留在那里

空空的站台

我独自在空空的站台上走
在十二月北风呼啸的夜晚
只有昏黄的路灯
陪着我

我独自在空空的站台上走
火车已经带着你远去
只留下两截铁轨
伸向你

我独自在空空的站台上走
耳边响的全是你的话语
只要我闭上眼
全是你

你从中原来

如果有炊烟

在一万米高空,甚至
更高的地方
我爱你的小蛮腰

我有一次降落
我爱你住在那里的
十万座花园

我想要的鲜花和
青草,我想放牧的
羊群

我想站在湛蓝的天空下
在洁白的云朵下
我要你的蒙古包

如果有炊烟

我想要看见我的故乡

卷五 ｜ 冬雪后的梦想

我是你冬雪后的梦想

——致立春

我是你冬雪后的梦想
是依旧阴霾的天空下
静静地
沉睡的大地

空中的飞鸿
我是你的轻
我是你一千次一万次的
深深凝望

徐徐上升的地气
我是你身边无名的野草
是你冬雪后
缓缓释放的梦想

破土而出的幼苗

一点点　慢慢泛绿

我是你萌动的春天的情思

你从中原来

那唤醒一切的……

——致惊蛰

不是虹,也不是天上的流云
树梢上航行的风
不是它的惊扰

不是日出,也不是日落
不是满坡萌动的草木
不是它的苏醒
不是空中飞着的鸟儿
不是地上跑着的松鼠
刚刚醒过来的刺猬
蹦跳着的青蛙

那唤醒一切的
是春姑娘的手
是藏在春天深处的
那一声惊雷

我记得……

——致清明

那些寂寞开放的小花
我记得　追着它们奔跑的春风
抱着它们取暖的太阳

我记得低空飞翔的燕子
它们的唤叫
深深刺痛的早春

淅淅沥沥的小雨中
独自前行的人
倔强的背影

哀伤的疼痛的春天
纷纷飘零的
泣血的花瓣

你从中原来

我是你河边上飞舞的蝴蝶

——致立夏

我是你河边上飞舞的蝴蝶

我是红的蝴蝶　白的蝴蝶　黑的蝴蝶

我是你的五彩斑斓

我是你赤脚踩过的河水

追逐着你的花瓣

我是你的妩媚多情

我是你坐过的巨石

在水的那边　浅草的那边

我是你的不动声色

我是你望向五月的眼睛

在你望不到的远方

我是你少女的心事

我梦见……

——致小暑

西瓜花盛开的夜晚
我梦见我变成美丽的蝴蝶
我变成美丽的蝴蝶
飞翔在你的周围

年少时的瓜地
我梦见满天的繁星
看不见的银河
摸不着的流星

我许下的小小的愿望
抱着西瓜回家的那晚
我梦见遍地都是
白花花的月光

你从中原来

我是你身边的流萤

——致大暑

我是你身边的流萤
在你沉睡的夏夜
我是吹过你的
那一阵微风

我是夏夜的静谧
是遮蔽你的荫翳
水样的温柔

一丝一缕的花香
少女的幻梦
是她睡着后的样子

沉陷的夜晚

——致处暑

夏日清晨清爽的阳光
我忘不了
大地的草盘子上
五颜六色的瓜果

散发的浓郁的清香
伴随着夏虫的嘶鸣
慢慢升高的月亮

爱上的树梢
轻轻吹动的微风
磨着的月光

那该是多么美妙的时刻
我忘不了
我们一起沉陷的夜晚

我要你身后的落叶……

——致霜降

我要你身后的落叶

涂抹的阳光

我要你黄金的屋顶

你头顶上南飞的大雁

渐渐远去的背影

我要你广袤的天宇

漫山的柿子红了

我要你火红的裙裾

要你的风流

我要你霜降后着火的树叶

要你的燃烧

我要你金色的秋天

满世界的大火

头戴红花的姑娘

——致立冬

我记得你绣花的样子
头戴红花的姑娘
我记得你低头的温柔

青蛙　鲤鱼　猫头鹰
我记得它们在你的手中
慢慢显形的样子

我记得你蹙眉的样子
微笑的样子
你满怀心事

朝窗外望着
我记得你望着窗外的样子
你眼睛里的火焰

　　　　　　　　　　　　　　　　你从中原来

我爱大雪飘舞的北方

——致小雪

我爱大雪飘舞的北方

我爱北方的山川　河流和旷野

我爱在广袤的大地上伸展手臂

我爱这飘舞的雪花

我爱身后的远山

爱它们的坚毅　沉着和冷静

近处的树林

我爱它们的茂密　落光了叶子

我爱我放牧的羊群

它们咩咩的叫声

冰冻的河流　内心的清冽

我爱我北国的村庄

它的沉默寡言

它的孤独　孤寂和寥廓

那一间间低矮的瓦屋
那一块块贫瘠的土地
我爱艰难活在他们中间的
我的乡亲

我爱大雪收藏的大地上
全部的隐秘

　　　　　　　　　　　　　你从中原来

我闻到蜡梅的清香

——致小寒

我闻到蜡梅的清香
在你臂弯的篮子里
它的香气围拢着聚集

你身后横卧的村庄
我看到鸽子飞翔
它的沉默拍打着天空

我是走在回家的路上
我是在牵挂远方的你
雪地上
彳亍的背影

卷六 ｜ 母亲的疼痛

父亲

东明路上的月光有两条腿
它晃着父亲的影子

马路上的河水在涨潮
他左手拎包　右手习惯
地去口袋掏烟
我眼里的河水在涨潮

他所带来的月光　比我看见的
还要亮

去云南

父亲要去云南
我的身在河南的父亲
五十六岁　已经抱紧他
和他花白的头发

风吹着他的单薄
走南闯北　这些年
他扶着麻秆

灵宝车站的夜晚
父亲要等到凌晨
一列火车才能呼啸着开来

我是父亲唯一的儿子

我是父亲唯一的儿子
父亲给了我生命　给了我一日三餐
给了我夜晚
让我爱上白天

我是父亲唯一的儿子
父亲把全部的爱都给了我
而今,他老了
秋风中,伛偻着身子

我是父亲唯一的儿子
我却无法阻止他衰老
眼看着他的黑发慢慢地变白

黄河路上的母亲

黄河路上没有黄河
也没有长江,没有泥沙
也没有后浪推前浪
没有母亲

没有佝偻的腰,疼痛的胃
刚出院的虚弱
母亲头上的丝丝白发
没有风吹动她

黄河路上没有我的搀扶
母亲已过了马路,独个儿
走远了
黄河路上没有她的背影

你从中原来

母亲的眼神

这桌上你的相框
这相框里你的面容
还像当初那样
那样鲜活

这相框里你的眼睛
还像当初那样
那样看我

那样温柔的眼神
那我一辈子也忘不掉的眼神
那是母亲的
眼神

我真后悔

那时候是冬天
65 路车还没有开来
我在站牌那儿等着

那时候天已经黑了
天黑以后
父亲和母亲掂着大包小包的东西
从车上下来
母亲走得摇摇晃晃
她几乎没有站稳

那时候我才想起
母亲是一路站过来的
一个半小时的车程
这对于晕车的母亲
绝对是一次严峻的考验

你从中原来

那时候我真后悔
为什么不到车站
去接母亲

戴帽子的母亲

戴帽子的母亲

帽檐遮住了她的眼睛

她没有看到她的儿子

当我喊了她一声

我看见母亲

飞快地掀了帽子

当她看到我

她的儿子

我看到母亲的眼睛

出奇地

亮了一下

我怎么也没有想到

做胃镜检查时
母亲坚持要做一般的
我硬是给母亲报了无痛
母亲在一边看着
她的眼里噙满泪水
我用力握了母亲的手
她的泪水就下来了
我怎么也没有想到
我的这个举动
会让母亲如此动容

母亲的疼痛

母亲病了三天了

吐得浑身没有一丝力气

脸上没有一点血色

站都站不稳

已经三天了

母亲喝一口面汤

都吐得一干二净

夜里，母亲挤在我身边

病痛日夜折磨着她

母亲怕影响我休息

她咬牙强忍着

我看不见母亲的表情

但我心里

替母亲在疼

妈妈

妈妈在夜里咳嗽

每一声都敲在我心上

妈妈老了　她的背日渐驼下去

她夜里再也睡不安稳

她翻来覆去　她咳嗽

黑暗中,我看不见她

却在心里低低地喊了一声,妈妈

我听到了好似你的声音

原在吵闹的少少个夜晚
我听到了好似你的声音
那么遥远,那么亲切
响在我的耳畔

我在梦中追着你
我听到了好似你的声音
我想要你回来的愿望
是那么强烈

我讨厌这惊醒我的闹钟
这透过窗户的晨光
我想让它们远远滚开
留下我,静静地
听一会儿你的声音

　　　　　　　　你从中原来

我的愿望

我的愿望再简单不过
我不要沉默的远山　山下的小河
泛着浪花的胴体
它流经我的童年

我不要高远的蓝天
空旷和寥廓
我不要它上面的云朵
它飘过我的头顶

一只鹰飞过我的头顶
我不要它的俯冲
它眼里的村庄
恬静和安详

我只要山脚下的那缕炊烟

只要它的屋舍
我只要小河边的母亲
浣洗时弓起的脊背

我只要母亲晾晒时的阳光
只要她的下午
一只蝴蝶飞过来落在菜花上

我度过了多少孤寂的黄昏

我无法将你同我连在一起
我在这个世上追着你的衰老
我不要你额头上的皱纹
我不要你那里刻满的哀伤

我在襁褓中长大,你温暖
的怀抱,我至今记得
我不要你松开我的双手
忽然地,我不要忽然

我度过了多少孤寂的黄昏
你不来看我,多少孤寂的黄昏
我强忍着泪水

卷七 | 去年的干草

砌墙

三舅在邻居家的院子里
砌墙

三舅曾给我做过一把木枪
那是我唯一一次
拥有枪

我的三舅头发已经白了
他在给邻居砌墙
邻居家厚厚的墙遮住了他的半截身子

我从墙外过
只看到他
剩下的
半截身子

院门响了一下

院门响了一下
三舅从外面回来

三舅放下锄头
朝我走过来
他走得很慢
比以前更慢

他头上的白发

卷烟

三舅在我面前
卷了一根烟

他把烟丝倒在一张白纸上
熟练地卷起来

多少年了
三舅一直抽自己卷的烟

他说,这烟壮

喂牛

三舅喜欢喂牛
他在院门外搭了一个草棚
把牛拴在里面

三舅薅了一筐草
倒在牛槽里

牛吃草的时候
三舅经常一个人蹲在院门口
默默抽烟

乌龟

三舅给我说了一个事
有人在河里捞了一只
四五十斤的乌龟

乌龟开口说话
让人把它放了

那人没有听
把乌龟折磨个半死
乌龟最后还是跑了
那个捞它的人
不久得病死了

去年的干草

整个上午他们都在忙碌
把去年的干草
铲到今年的运草车上

他们是几个头戴帽子的人
手握着带长柄的铲子
和笆子

他们在草坪上用力
弯起的脊背
像一张弓

　　　　　　　　　　　你从中原来

他

他来过我的童年
他的怪模样,我至今难忘
他抽搐　羊痫风蜷在地上
像一只蜗牛。他傻笑
躲在一边看我们游戏
那年,他二十多岁
不久,他就走了
一口薄棺材停在院子里
阳光照着它
像照着他的一生

我先是看见月光

我先是看见月光，明亮的月光
在泼水银。然后
是街道，是她湿透的裙子
紧裹着玲珑的曲线
高耸的乳房。接下来
我看到那个捡破烂的妇人
她蹬着车　爬坡的艰难
在清冷的街头，我看见
她的小女儿，戴着捡来的头饰
在堆满废纸箱的车上
歪着夜晚的身子，像从前一样
她盯着母亲的脊背

　　　　　　　　　　　　你从中原来

抛开

抛开她的年龄（我不想妄加猜测），她头上的白发

深陷进去的眼窝。她的瘦

抛开她的破衣烂衫，她手中的泔水桶

桶里的泔水，抛开

架子车上的塑料垃圾桶，抛开蓝色

抛开它散发的腥臭，抛开

刺鼻的气味。路人急匆匆的脚步

紧捂的嘴。他们的厌恶。抛开

她挽起的裤腿，抛开她倒泔水时

踮起的脚尖，抛开脚下的泥泞

抛开雨点，抛开斜

抛开这一切，只剩下

她一个人，静静地

站在雨中

必须

我必须写到那个推小车的女人
她的矮小　胆怯
茫然望向路边的眼睛

小推车上她的儿子
被病魔攫住的身体　小小的脑袋
无力地歪向一边

我必须写到
他们的无助　孤单
沿着街边乞讨

我必须写到
那时候的阳光
是多么强烈
而他们是多么弱小

老妇人

她应该有六十岁,也许是五十
扛着一大袋垃圾,从我面前经过
一张只剩下皮肤的脸,一双呆滞的
眼睛,紧盯着前方
她走得很慢,像一棵树挪过马路
我不认识她,但我一直跟着她
花白的头发

他

他的背有点驼，腰弯下去
我要说的是那个卖红薯的老人
他推着架子车走在前面，穿过逼仄的小巷
他走到阳光下。我注意到他的头发
稀疏，白，象征性排成一圈
像风中的芦苇。他的衣服
已分不清颜色，他脚上的布鞋
他有点邋遢，这不能怪他，要怪
也只能怪生活，命运
他有时也想，那是在他被城管追逐时
有个狠心的家伙，竟然朝他腰上踹了一脚
只一脚，他就扑倒地上，像一条狗
他哭了，呜呜的，但没有人听见
阳光晃了一下，照到他身上

你从中原来

她

她躬着身,腰就要弯到地上
就要摸到地上的星光、月光和灯光,她拉架子车
用脚蹬城市的夜晚
满满一车废品,在收购站
那是女儿手中的铅笔、书和梦想,是一家三口
的生计,油、盐,还有酱、醋
她的丈夫,一位老实巴交的建筑工
至今还在对面的脚手架上
她只要一抬头就能看到他,他瘫在床上
身子软得像一根面条,提不起来
她用手拉,架子车有两个轱辘
在城市的大街上,它转得缓慢

卷八 ｜ 我曾到过那片树林

我曾到过那片树林

我曾到过那片树林

我记得槐树　成片的槐树

稀薄的阳光

鸟鸣时的寂静

记得云影　露水里的草尖

穿花衣的少女

我记得她娉婷的身影

忧郁的神情

她低着头　一声不吭

我记得她身后的落叶

枯黄的落叶

当她穿过树林时

秋风并没有走远

我们曾在那儿幸福地生活

我见过秋天　见过落叶

见过大片的红草滩

和成排的胡杨林

我见过南方

悠长而又寂寥的雨巷

手捧丁香的姑娘

我也见过北方

收割后的田野

和田野里潜伏的麻雀

我见过它们觅食时哄抢的身影

我还见过东方和西方

与南方和北方一样

它们的秋天神秘而迷人

我见过

我甚至见过你

在大片的红草滩和

成排的胡杨林背后
是我们美丽的村庄
我们曾在那儿幸福地生活

起风

起风的时候夜深人静

起风的时候没有人知道

秋天曾经来过

树叶一片片落下

在明亮的月光下

那只传说中的狐狸又出现了

一个美丽的乡间女子

嫣然笑着闪进一扇木门

你从中原来

就让我谈谈……

就让我谈谈秋天，谈谈萧瑟的秋风
秋风里的落叶，谈谈落叶的必然
和它的无助，谈谈

排空而过的雁阵，谈谈它凄厉的哀鸣
落日里的黄昏，谈谈黄昏的没落
和它的帝国，谈谈

秋水里的长天，谈谈王勃的唐朝
落霞与孤鹜，谈谈渔舟唱晚
烟气氤氲的江面，谈谈

我们共同生活的村庄，谈谈满头白发的父母
折磨人的胃病，谈谈吗丁啉、斯达舒
他辗转反侧的夜晚，谈谈

破败的小学校,谈谈蝴蝶爱过的秋千
缺胳膊少腿的桌椅,谈谈课桌里
总也送不出去的情书,谈谈

扎麻花辫的小静,谈谈二十年后的今天
她已经是一个孩子的母亲,谈谈幸福的乳房
婴儿的小嘴,他吃饱喝足的样子
像是要睡着,谈谈

他睡着后的情景,她还要继续忙碌
她的腰弯下来,就要低到夜晚,她的爱
也曾经属于我,而现在
她属于另一个男人,另一盏灯

　　　　　　　　　　　　　　你从中原来

天池山

用一个下午的秋天,我爱你
起伏的山峦,幽深的峡谷
茂盛的森林上空
安详的云

在嵩县西北,天池山
我见过你葱郁的树林
遮蔽的阳光,水杉林
涌起的大海的涛声
密林掩隐的农家小院里
乡下姑娘纯朴的笑容

她倚着门,看云卷云舒
远处的群山
逶迤而来　又逶迤而去

你用大地的眼睛看我

——给雁鸣湖

你用大地的眼睛看我

用你幽深的蓝

天越来越黑

你用黑

远处的树林　湖水的眉毛

静默的凌乱的枝条

你用黄了的树叶

你用秋天

湖边的芦苇　洁白的芦絮

它们低眉顺眼的样子

起风了

芦苇轻轻摇晃

你用摇晃

你从中原来

我多想留下来……

除了那些闲置的桌椅
一直在那里待着
占着自己的沉默

除了沉默　还有地上的落叶
皱皱巴巴的补丁
向晚的太阳
恋恋不舍的黄昏

除了那个黄昏　除了中牟
我们一群人偶尔路过
除了路过

我多想留下来
一个人
到处走走

我忘不了……

秋日傍晚金黄的阳光
我忘不了
徜徉在你身边的时光

一群人轻轻地走来
在你身边拍照、私语
手扶着栏杆，我忘不了

铺在水中的那道残阳
它流动的光斑　黄金的项链
湖水梦中的那场大火
烧毁的黄昏，我忘不了

越来越暗的湖水
越来越苍茫的暮色
越来越大的风

日月湖的黄昏

大地的镜子,正对着
天空的脸
我们闯进来

看水草绿色的项链
鱼儿在湖中的聚会
水面上的涟漪
一圈圈放大的皱纹

夕阳的温柔
在一片树叶上闪烁
离别的伤感
被暮色遇见

日月湖

现在，苍翠是你的
婆娑的树枝
夕阳的温存

黄昏的静谧
暮色慢慢升起来
那绚烂的晚霞
天空的胭脂
是你的

她羞涩的样子
像一位待嫁的姑娘
被晚风吹奏着
送到你身边

　　　　　　　　　　　　你从中原来

我见过天鹅在冬天的湖面上飞翔

——给天鹅湖

我见过天鹅在冬天的湖面上飞翔

我见过波光粼粼的湖面

灰蒙蒙的天空　湖面上的天空

我见过天鹅驮的落日

一个火红的球　燃烧着

落入水中

我见过落日染红的湖水

岸边的芦苇

我见过它们随风摇动的模样

它们摇动着

而洁白的芦絮就要飘起来

卷九 │ 追蝴蝶的人

白河边的夜晚

被遮蔽的白天

被灯光展览

一个人撞见

白河

在夜里

磨刀

在白河边

它是白河的腰带
白河大桥,下面是
幽暗的水面

镜子的脸,深不可测
水鸟是长在那里的
几个麻点

冬泳的人也是
他们奋力游动着
向着朝霞
炼金的地方

　　　　　　　　你从中原来

天梯

要登上吴哥的"天堂"

需要爬上

一段陡峭的天梯

为了表示对神的尊敬

下来的时候

只能倒退着下来

一位官员的夫人

这样做了

从天梯上掉下来

摔死了

密林

吴哥的周围
是密林
密林的后面
还是密林
我站在吴哥顶上
看过去
只能看到
阳光白花花的
照着密林

　　　　　　　　　　　　　　你从中原来

崩密列

崩密列在丛林深处

那里古木苍天

到处都是

断裂的柱石和

残缺的石块

那里幽暗　神秘

一只蝴蝶

沿着古老的神庙

找到

回家的路

追蝴蝶的人

我一直在想
那个名叫亨利·穆奥的
法国博物学家
在密林深处
追逐蝴蝶的
那个下午
他追逐着
一只蝴蝶
忽然把他
带到了
古老的神庙
面前

洞里萨湖

洞里萨湖

是东南亚最大的淡水湖泊

湖水却十分浑浊

但这并不影响

当地居民　据说有 5000 个家庭

都住在湖上

吃喝拉撒

也都在

湖上

革命者的形象

和丁玲第一任丈夫

胡也频

站在一起的

还有殷夫　柔石等人

他们的塑像

保持着他们

就义前的样子

他们的表情

坚毅而决绝

很符合

我心目中

革命者的形象

　你从中原来

在丁玲纪念馆

丁玲纪念馆的

参观者

少得可怜

我不知道这里

平时是不是

也这样

我总想起

她在解放后的

那段坎坷遭际

也不知道

她是怎么

挺过来的

光影

沈从文的书桌

上面满是凹痕

阳光透过木格子窗

的缝隙

在桌面上

留下

一道道光影

先生走远了

但从前的

那道光影

还在

沱江

沱江是沈从文的江
是陈三立
陈寅恪
也是黄永玉
的江
他们都走了
沱江
还在流

芷江

作为中国人

我觉得

我们每一个人

都应该

到芷江

受降纪念坊

去看看

这个曾经祸害了

我们十四年的

侵略者

最后的

下场

你从中原来

在洪洞大槐树下

在洪洞大槐树下

观看了一场

移民的

实景演出

演员虽说都很业余

但是我还是依稀

看到了

我们先祖的

影子

鹳雀楼

鹳雀楼

据说是后来建的

所以，我只是

站在普救寺里

远远地

看了看它

我想

即使我去了

我也找不到

王之涣

当年的感觉

在普救寺

我也想做一回张生
在月色溶溶的
夜里
静静地
守候在
花园的墙角

杭州

杭州是一条船
被雷峰塔的长篙
撑着

你从中原来

乌鲁木齐的午后

你带我走的小巷

它的安静停在午后

阳光把里面装满

随处可见的行人

小吃店　点心店

桌子上黄澄澄的馕

饺子馆里

几个老妈妈

在我们身后的桌子上

围坐着　说着话

包着饺子

那里的饺子真好吃

我就是在这样的环境下

长大的

你看着我

这一切都让我觉得美好

乌鲁木齐的午后

蓝天驮着白云

你从中原来

再见，博尔塔拉

透过车窗

我看到远远的天山

被阳光照亮的面孔

明亮而生动

它的千沟万壑

每一根细小的筋脉

紧抓的戈壁

它头顶的蓝天

和被蓝天放牧的羊群

正朝这边过来

在天山

我能想到的最浪漫的事

就是和你一起

到天山上

放羊

你从中原来

古尔图

那么蓝的天

那么多洁白的云

凝在那里不动

那么多的白马

那么多的雪

堆积在山顶

那么多的阳光

化不开

天山的盐

在五泉山上

这里风大

这里

我倚着栏杆

看山下的兰州城

黄河从中间流过

在前方

拐了个弯

从吐哈到哈密

没有比这里更蓝的天了

没有比这里

更洁白的云

没有比这里

更荒凉的戈壁

更放肆的风

吹起细细的黄沙

向后飘

哈密

几朵白云浮在山顶

就是哈密

它的阴影投下来

也是

被阳光照得发白的山脊

被云影篡改的山梁

拔地而起的高楼

被树木掩隐

它周围茫茫的戈壁

我看见的这一切

就是哈密

你从中原来

嘉峪关

没有满载丝绸的

骆驼商队

也没有驼铃响起

看不见嘉峪关高大的城楼

我只能努力

去记忆中搜寻

我要造一座城楼出来

给嘉峪关　也给甘肃

让它牢牢地扎根在

祖国的西北

让它成为辽阔戈壁里

一处绝妙的风景